Pour Louise, ma copine pour toujooours,
Lulu-Grenadine

Pour toi, petite Louise.
Avec tendresse,
Laurence G.

© 2011 Éditions NATHAN (Paris-France), pour la première édition
© 2013 Éditions NATHAN, SEJER, 25 avenue Pierre-de-Coubertin,
75013 Paris pour la présente édition
Loi n° 49-956 du 16 juillet 1949 sur les publications destinées à la jeunesse,
modifiée par la loi n° 2011-525 du 17 mai 2011
ISBN 978-2-09-253879-1
N° d'éditeur : 10243619 – Dépôt légal : janvier 2013
Achevé d'imprimé en France en janvier 2018 par Pollina, 85400, Luçon, France - 83712

Lulu-Grenadine
se fâche avec sa meilleure amie

Laurence Gillot - Lucie Durbiano

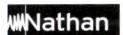

Nathan

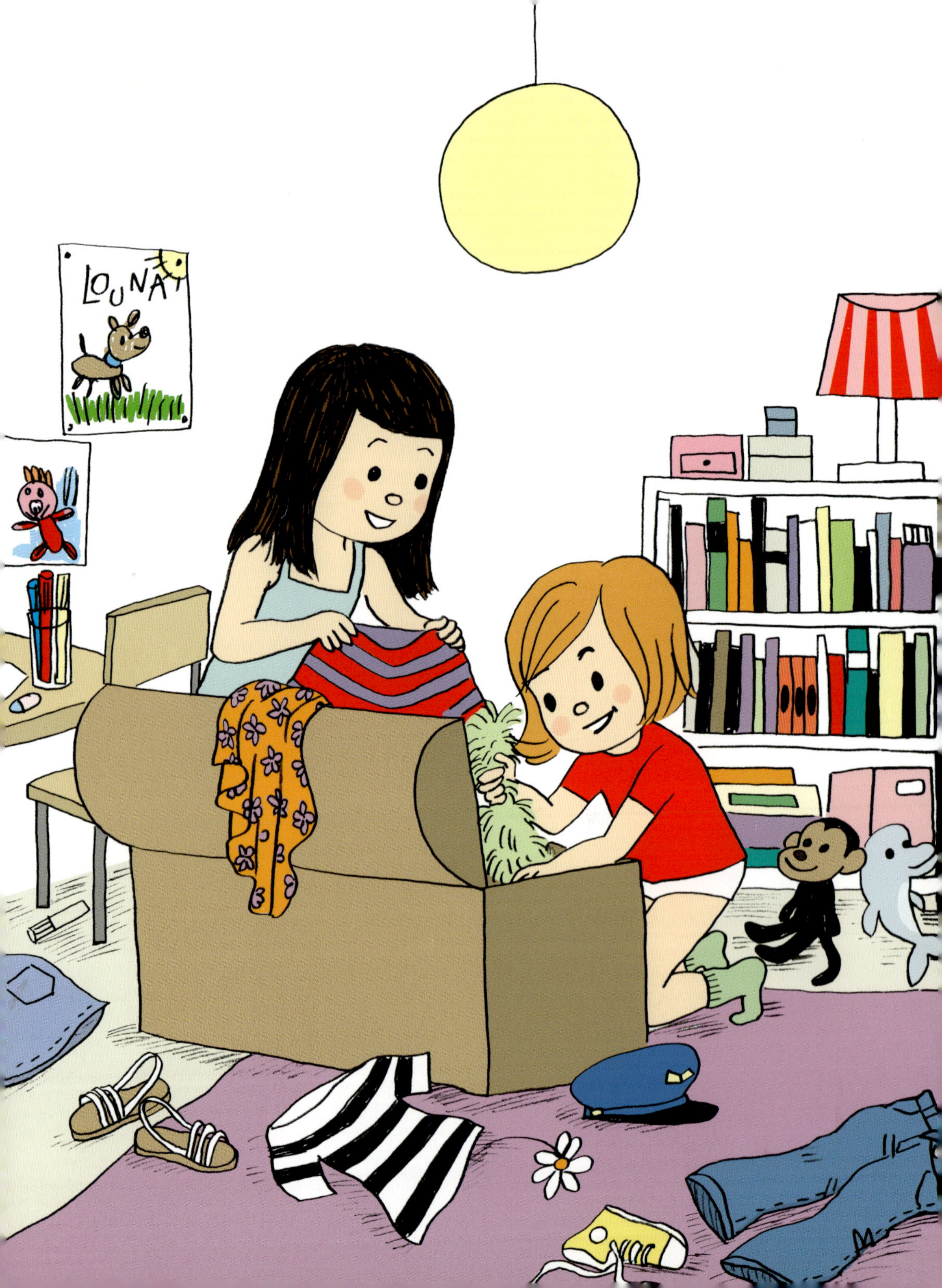
LOUNA

Cet après-midi,

Lulu-Grenadine a invité Lou,

sa super amie.

Elles jouent à se déguiser.

– Moi, dit Lulu-Grenadine, je vais mettre cette robe rose !
– C'est la plus belle ! remarque Lou. Je la voudrais bien, moi aussi !
– Prends la rayée bleu et bleu ! répond Lulu-Grenadine. Elle a des frou-frous !

Les deux filles s'habillent joyeusement.

– On est des princesses ! s'écrie
Lulu-Grenadine. Il nous faut des colliers,
des bracelets, des bagues !

Lulu-Grenadine ouvre sa boîte à bijoux et les fillettes attrapent en même temps le même long collier de perles blanches.
– C'est pour moi ! clame Lulu-Grenadine.
– Non, c'est pour moi ! insiste Lou.
– Il est à moi ! proteste Lulu-Grenadine.
– Oui, mais je suis ton invitée ! rétorque Lou.

Chacune tire de son côté et...

... Et le collier se casse.

– C'est ta faute ! s'énerve Lulu-Grenadine.

– Ce n'est pas vrai ! riposte Lou. Si c'est comme ça, je ne joue plus !

Et tout de suite, Lou commence à se déshabiller.

– J'en ai marre ! ajoute-t-elle. Tu prends le plus beau déguisement et tu commandes tout le temps !

Lulu-Grenadine devient toute rouge.
– Même pas vrai ! tonne-t-elle.
– Si, c'est vrai ! crie Lou.
– Puisque c'est comme ça, je ne suis plus ta copine ! annonce Lulu-Grenadine avec rage.
– C'est MOI qui ne suis plus ta copine ! rectifie Lou.

Les fillettes se rhabillent en silence et vont s'asseoir dans le salon.

Elles ne se regardent pas,
elles ne se parlent pas.
– On va bientôt partir au parc ! annonce la maman de Lulu-Grenadine. On doit y retrouver la maman de Lou.

Pendant le trajet, Lou et Lulu-Grenadine ne se parlent pas.
– Ça n'a pas l'air d'aller, vous deux ! remarque maman. Qu'est-ce qui se passe ?
– Rien ! dit Lulu-Grenadine.

Au parc, il y a Ernest, un camarade de classe de Lou et de Lulu-Grenadine. Lulu-Grenadine l'invite :
– Viens ! On va grimper dans les arbres !
– Je suis en jupe, on va voir ma culotte ! prévient Lou.
– Eh ben t'as qu'à rester là ! lui dit sèchement Lulu-Grenadine en partant vers un sapin avec Ernest.

Perchée sur une branche, Lulu-Grenadine se balance. Elle rit fort tout en guettant son amie sur la pelouse en bas.

Lou est seule et fait semblant d'observer un escargot dans l'herbe, mais, bien sûr, elle voit Lulu-Grenadine, elle l'entend et elle est triste.

Soudain, une petite fille appelle Lou.
C'est Sophie, une autre copine de l'école.
– Ouh ouh Lou ! Viens jouer au badminton !
 Immédiatement, Lou court vers Sophie.
– Attendez-nous ! ordonne Lulu-Grenadine
depuis son arbre. Ernest et moi, on arrive !
– Il n'y a que deux raquettes ! remarque Lou.

Lou lance le volant n'importe comment, elle fait la fofolle, elle fait rire Sophie, exprès pour embêter Lulu-Grenadine.

La maman de Lou est arrivée.
Elle est avec la mère de Lulu-Grenadine.
– Lou ! Lulu ! appellent-elles en chœur.
On s'en va !

Les deux fillettes sont maintenant
l'une à côté de l'autre,
mais elles ne se regardent pas,
elles ne se disent rien. Même pas au revoir !

Le soir, dans sa chambre, Lulu-Grenadine
regarde les perles du collier cassé.
Dans sa tête, elle revoit Lou déguisée
en princesse et elle a le cœur qui se serre.

Tout à coup, elle a une idée !
Vite, elle court en parler à sa mère.
Elle chuchote dans son oreille :
– Pss pss pss psss…
– D'accord, dit maman. Je veux bien.

Pendant ce temps, chez elle, Lou pense à Lulu-Grenadine et elle a envie de pleurer. Quand soudain, ding-dong ! Qui sonne ?

Lou et son papa ouvrent la porte
et que voient-ils ? Un tout petit facteur !
– Bonsoir ! dit-il. J'apporte une lettre
pour mademoiselle Lou !
  Lou et son papa ouvrent grand les yeux.
Quelle surprise ! Le petit facteur,
c'est Lulu-Grenadine ! Elle s'est déguisée !

Lou tend la main vers son courrier en souriant.

– Au revoir !!! dit la factrice avec malice. Il faut que je parte vite parce que ma maman… euh… parce que j'ai beaucoup de travail.

Et pfuit ! Lulu-facteur disparaît.

À l'intérieur de l'enveloppe, Lou découvre
le collier. Il est réparé ! Elle le serre contre elle.
— Est-ce que je peux inviter Lulu-Grenadine
à dormir ici cette nuit ? demande-t-elle
à ses parents.
— Bien sûr ! dit maman.

Alors Lou téléphone à Lulu-Grenadine.
– Allô, bonjour princesse Lulu, j'appelle
pour vous inviter à un bal ce soir
dans ma chambre !

– J'arriiiiiiiiiiiive ! crie Lulu-Grenadine
dans l'appareil.

Et quelques minutes plus tard, Lulu-Grenadine est chez Lou. Quel bonheur de se retrouver !
– On est copines pour la vie ! chantent les fillettes en sautant sur le lit.

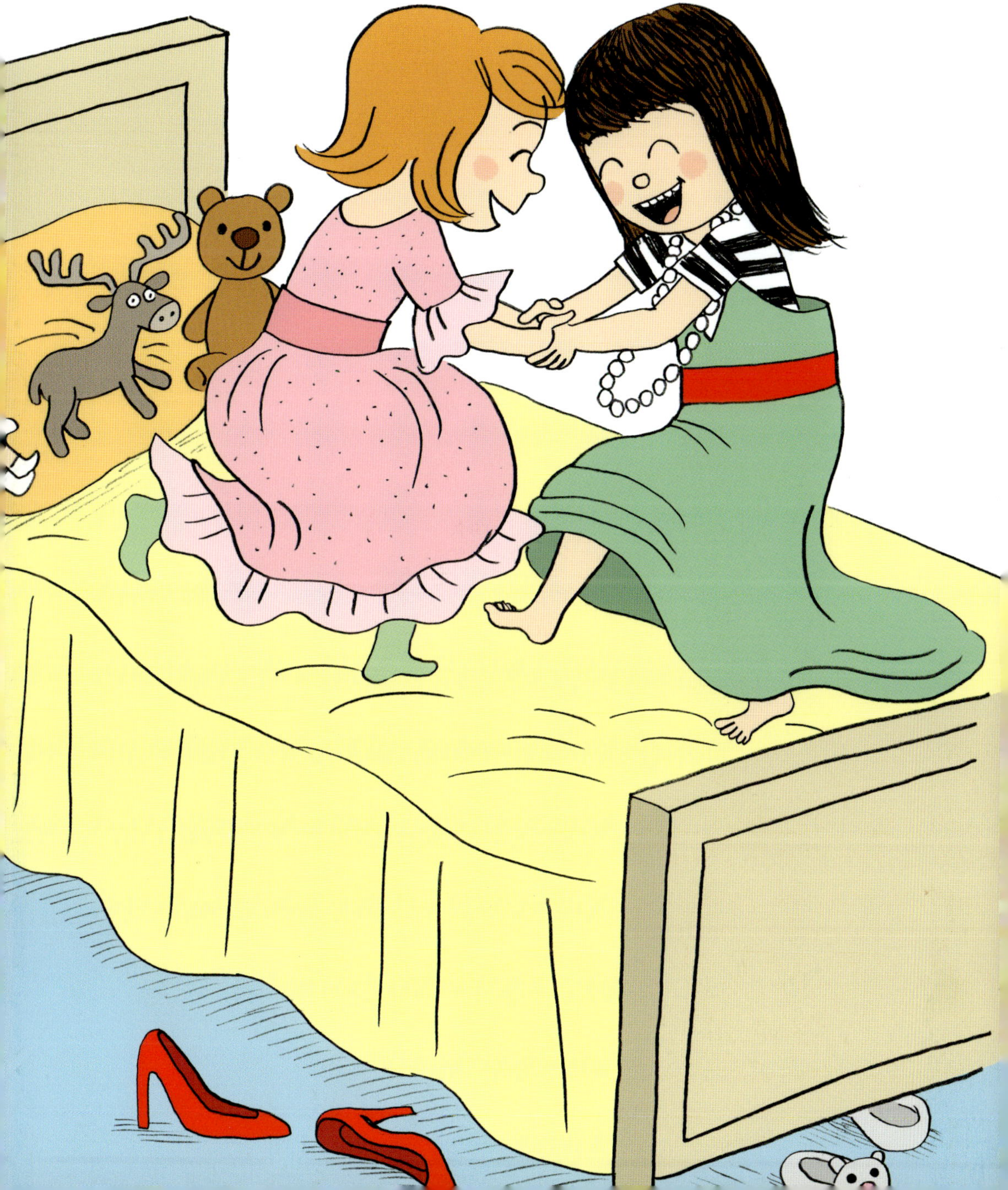